Louise Leblanc

Sophie veut vivre sa vie

Illustrations
de Marie-Louise Gay

la courte échelle
Les éditions de la courte échelle inc.

Les éditions de la courte échelle inc.
5243, boul. Saint-Laurent
Montréal (Québec) H2T 1S4

Conception graphique:
Derome design inc.

Révision des textes:
Lise Duquette

Dépôt légal, 3ᵉ trimestre 1999
Bibliothèque nationale du Québec

La courte échelle bénéficie de l'aide du ministère du Patrimoine cana-
dien dans le cadre de son Programme d'aide au développement de l'in-
dustrie de l'édition. La courte échelle est aussi inscrite au programme de
subvention globale du Conseil des Arts du Canada et bénéficie de l'ap-
pui du gouvernement du Québec par l'intermédiaire de la SODEC.

Données de catalogage avant publication (Canada)

Leblanc, Louise

   Sophie veut vivre sa vie

   (Premier Roman; PR88)

   ISBN: 2-89021-395-1

I. Gay, Marie-Louise.	II. Titre.	III. Collection.

PS8573.E25S6657 1999   jC843'.54   C99-940845-3
PS9573.E25S6657 1999
PZ23.L42Sov 1999

Louise Leblanc

Née à Montréal, Louise Leblanc a d'abord enseigné le français, avant d'exercer différents métiers: mannequin, recherchiste, rédactrice publicitaire. Elle a aussi fait du théâtre, du mime, de la danse, du piano et elle pratique plusieurs sports.

Depuis 1985, elle se consacre à l'écriture. Sa série Léonard, publiée dans la collection Premier Roman, fait un malheur auprès des jeunes amateurs de vampires. *Deux amis dans la nuit,* le deuxième titre de la série, a d'ailleurs remporté le prix du livre de jeunesse Québec/Wallonie-Bruxelles 1998. Son héroïne Sophie connaît aussi un grand succès. En 1993, Louise Leblanc obtenait la première place au palmarès des clubs de la Livromagie pour *Sophie lance et compte.* Plusieurs titres de cette série sont traduits en anglais, en espagnol, en danois, en grec et en slovène. Louise Leblanc est également auteure de nouvelles et de romans pour les adultes, dont *37½ AA* qui lui a valu le prix Robert-Cliche, et elle écrit pour la radio et la télévision.

Marie-Louise Gay

Née à Québec, Marie-Louise Gay a étudié à Montréal et à San Francisco. Depuis plus de vingt ans, elle dessine pour des revues destinées aux enfants, et elle écrit et illustre ses propres albums. Auteure de la pièce de théâtre pour les jeunes *Qui a peur de Loulou?,* elle en a créé les costumes, les décors et les marionnettes. Son talent dépasse les frontières du Québec, puisque l'on retrouve ses livres dans plusieurs pays. Elle a remporté de nombreux prix prestigieux dont, en 1984, les deux prix du Conseil des Arts en illustration jeunesse, catégories française et anglaise, et le Prix du Gouverneur général en 1987.

De la même auteure, à la courte échelle

Collection Premier Roman

Série Sophie:

Ça suffit, Sophie!
Sophie lance et compte
Ça va mal pour Sophie
Sophie part en voyage
Sophie est en danger
Sophie fait des folies
Sophie vit un cauchemar
Sophie devient sage
Sophie prend les grands moyens

Série Léonard:

Le tombeau mystérieux
Deux amis dans la nuit
Le tombeau en péril
Cinéma chez les vampires
Le bon, la brute et le vampire

Louise Leblanc

Sophie veut vivre sa vie

Illustrations
de Marie-Louise Gay

la courte échelle

À Hélène Leblanc,
pour sa collaboration.

1
Sophie en a assez de la routine

Dimanche matin. Il doit me pousser des cheveux gris tellement je m'ennuie. Et l'après-midi s'annonce aussi tarte.

J'ai téléphoné à mes amis, sans succès.

Pierre Lapierre est cloué à la maison, condamné à étudier. Et Nicolas Tanguay aide ses parents, qui tiennent un dépanneur.

— J'ai besoin de refaire mes provisions de friandises, m'a-t-il dit. C'est avec ça que je vous attire comme des mouches.

Pauvre Tanguay, il n'est pas sûr de lui. Quand même, je me

demande s'il serait notre ami sans ses gourmandises. J'appelle Clémentine afin de connaître son opinion.

— Sophie, laisse le téléphone! lance mon père. Ta mère pourrait vouloir nous joindre.

— Voyons, elle est sortie pour une heure!

— Cesse de discuter et viens m'aider.

Lorsque mon père prépare le repas, la terre doit s'arrêter de tourner.

— Quand est-ce qu'on mange? grogne mon frère Laurent en entrant dans la cuisine.

— WOUIN! hurle ma petite soeur Bébé-Ange.

C'est-à-dire: «Je-veux-bouffer-tout-de-suite.» Je propose à mon père de m'en occuper. Il accepte aussitôt et confie à Laurent la corvée qu'il me réservait: couper un oignon.

— Vous cuisinez sans moi! s'exclame mon frère Julien, qui arrive à son tour. Ce n'est pas gentil! Moi aussi, je sais cuisiner.

Il s'empresse de le prouver à Laurent:

— Laisse tomber ton couteau! Il y a un appareil qui hache les légumes plus vite que son ombre, fait-il à la manière de Lucky Luke.

Bon! Je les abandonne à leur problème. Je règle le mien en donnant des biscuits à Bébé-Ange. Et je téléphone à Clémentine!

Dernière chance de sauver ma journée.

* * *

Dix-sept heures. Je peux enfin sortir! J'ai besoin d'air, fiou. Je n'ai pas sauvé ma journée. Clémentine avait un cours de karaté. Et à la maison, ça a été la routine.

Bébé-Ange a engouffré un biscuit tout rond. Elle s'est étouffée puis elle a vomi.

Grâce à la machine-plus-vite-que-son-ombre, mes frères ont liquidé le sac d'oignons. Un gaspillage que ma mère n'a pas apprécié. Comme je me plaignais de n'avoir rien à faire, elle m'a envoyée mettre de l'ordre:

— Tu as de quoi t'occuper! La seule chose qui est rangée dans ta chambre, c'est ton sac d'école.

Je me suis enfoncée dans la déprime.

— Salut, Sophie! Tu t'es échappée de ta tribu, se moque quelqu'un derrière moi.

Nicolas Tanguay! Il ne viendra pas me narguer, lui.

— Pour avoir la paix! Alors écrase, Nicolas-le-chocolat!

— Tu te fais parler, Tanguay!

J'aperçois un garçon impressionnant! Il a au moins treize ans, des yeux... magnétiques et...

Bipbip! Bipbip!

Et un téléphone cellulaire! Fiou!

Il répond et s'en va à l'écart. Nicolas lève un pouce pour me signifier que ce type est un as!

Je me demande comment un tel garçon peut être l'ami de Tanguay.

Il doit vraiment aimer les friandises!

2
Sophie balaie
les obstacles

Il se nomme Patrick. C'est tout ce que j'ai appris sur l'ami de Nicolas Tanguay. Je brûle d'en savoir plus à son sujet. Le cours de maths me semble encore plus ennuyant que d'habitude.

Madame Cantaloup se tourne pour écrire un problème au tableau. Aussitôt, Nicolas me fait un signe! Puis il lance une boulette en disant:

— Message important pour Sophie.

La boulette atterrit chez Clémentine, qui la garde! Non mais, de quoi elle se mêle!

— C'est pour moi, tu n'as pas entendu?

— Très bien, répond Mme Cantaloup en pivotant. Et, puisqu'il s'agit d'une missive importante, j'autorise Clémentine à la lire.

Scandaleux! Ce billet ne regarde pas les autres. C'est... une atteinte à ma vie privée.

— *«Il faut que je te parle»*, révèle Clémentine à toute la classe.

Fiou! Rien d'intéressant pour la Cantaloup.

— Un message important, en effet, dit-elle. Mais il est adressé à la mauvaise personne. Clémentine, va le porter à Nicolas de ma part.

* * *

À la récréation, j'apostrophe Clémentine:

— Tout pour plaire au prof, hein!

— Je ne pouvais pas faire autrement, se défend la p'tite parfaite.

— Tu es injuste avec Clémentine, intervient Lapierre. Elle a gardé le message pour t'éviter des ennuis.

— Elle n'avait pas à décider pour moi.

— Ouais! approuve Nicolas. Il y a assez de l'autorité des adultes. Il faut savoir s'affirmer. Tu viens, Sophie? Je ne tiens pas à ce que toute la classe apprenne ce que j'ai à te dire.

Je ne reconnais plus Tanguay. Il est transformé.

— Grâce à Patrick, me confie-t-il.

— Alors, il est vraiment ton ami!?

— Le meilleur! Il m'a fait comprendre que j'étais quelqu'un. Sauf que je ne le savais pas.

— Comment il l'a su, lui?

— En m'observant! Il est client au dépanneur. Il a vu que mes parents... mettaient un frein à ma personnalité. Il a l'oeil! Toi, par exemple...

— Il t'a parlé de moi!!!!

— Pourquoi pas à la marelle, blague Nicolas.

— Ne tire pas trop sur l'élastique, il pourrait t'éclater dans la face, le menace Lapierre.

Nicolas se renfrogne. Il a changé, mais pas au point d'affronter Lapierre en colère.

Je quitte l'autobus en pensant que l'amitié entre nous est usée comme un vieil élastique. Et que notre bande est sur le point d'éclater.

Laurent et Julien me rejoignent et me bousculent au passage:

— Dernière arrivée, privée de goûter!

Ce qu'ils peuvent être bébés! J'ai autre chose en tête que de bouffer des biscuits. J'entre et je file à travers la cuisine sans...

— Alors, Sophie! On ne dit plus bonjour?

— Ah! Mamie, tu es là! Oui, euh... bonjour.

— Tu sembles préoccupée, toi.

— J'ai une tonne de devoirs à faire, lui dis-je pour couper court à son enquête.

Je me connais, j'aurais fini par tout lui raconter. Je l'aime bien, Mamie. Elle m'a souvent aidée. Mais je ne peux pas toujours rester sous ses jupes. Je dois vivre ma vie, c'est vrai!

En entrant dans ma chambre, je lance mon sac par terre et je vide mon cochon... Six dollars et quarante sous. C'est tout! Ah! Je me souviens. J'ai pigé dans ma réserve pour acheter le disque du groupe Azazou. Grrr!

* * *

Je trempe un biscuit dans mon verre de lait en brassant des idées noires. On ne va pas loin sans argent. Même si j'en avais, il n'est pas dit que Patrick voudrait de moi. Je suis condamnée à ma petite routine.

Je prends un autre biscuit.

— Ça suffit, Sophie! intervient ma mère. Tu n'auras plus faim au repas.

— Je n'ai déjà pas faim. Je mange des biscuits pour passer le temps.

— Je savais que tu n'étais pas dans ton assiette, mon p'tit chou, me dit Mamie.

Me faire appeler ainsi me donne le coup de grâce. J'ai l'impression de retomber en enfance.

Plus bébé, tu te remets à la tétine.

— Sophie! Tu entends? demande ma mère. Téléphone pour toi! Laurent a répondu au...

Je me précipite au sous-sol.

— Tanguay, m'informe Laurent.

Je prends l'appareil et je fais signe à mon frère de déguerpir. Il s'incruste. Grrr!

— Allô, Nicolas!... Ah oui? Patrick a accepté?... Une réunion après l'école? Je vais m'arranger pour y aller. Et j'aurai l'argent... O.K. Salut!

Je suis excitée! Demain, je ferai partie de la bande de Patrick. À la condition de bien manoeuvrer.

D'abord, je préviens Laurent:

— Oublie Tanguay, c'est Clémentine qui vient d'appeler. Si tu t'avises de...

— Le silence contre ton disque des Azazou.

AAAH! Je n'en reviens pas! Mais je me résigne...

Je monte à la cuisine en répétant mon premier mensonge: «Clémentine m'a offert son aide en maths, demain après l'école. Clémen...»

Ma mère donne son accord sans hésiter:

— Avec Clémentine, je sais que tu étudieras.

Je jubile intérieurement.

Je déchante aussitôt en constatant que:

— Mamie est partie!!!

— Pourquoi t'énerver? Elle est dans le salon.

Je vais la rejoindre en répétant mon autre boniment: «C'est vrai que je suis déprimée, Mamie. J'aurais envie d'écouter de la bonne musique.»

— J'achèterais un disque des Azazou. Mais il me manque... euh, dix dollars!

— Hmm, réfléchit Mamie, la bonne musique n'a pas de prix. Et je pourrai l'écouter aussi.

J'ai été inspirée de choisir un

disque que je possédais déjà. Incroyable comme c'est facile de berner les adultes.

Mes problèmes réglés, je me laisse un peu aller. Je me blottis contre Mamie.

Quand même, je me sens bien dans ses bras. Ce n'est pas si facile de couper... définitivement le cordon ombilical.

3
Sophie découvre
un nouveau monde

La rencontre a lieu chez Marco Sigouin, un petit qui a toujours l'air perdu. J'exprime mon étonnement à Tanguay:

— Patrick l'a pris dans sa bande!?

— Il a vu que Marco avait du potentiel! Il est même devenu un membre important. On se réunit chez lui. Ses parents n'arrivent pas avant dix-huit heures, et on peut s'éclater!

Je constate que Tanguay dit vrai en entrant chez Marco. Une horde de jeunes s'agite sur une musique infernale. Elle s'arrête d'un coup.

Patrick vient vers nous et s'exclame:

— Pour Sophie! Hiphiphop! Yo!

— HIPHIPHOP! YO! hurlent les autres.

À les regarder, je reçois un choc! J'ai l'impression d'être un âne parmi des zèbres. Certains ont des tatouages; d'autres les cheveux teints ou des anneaux passés dans le nez, les lèvres, les sourcils.

Je me sens insignifiante!

— Ne t'en fais pas, me rassure Patrick, qui a remarqué mon trouble. Ici, on est libre de son «look». Hein, Tanguay?

Tout le monde s'esclaffe. Nicolas se transforme en cerise et bredouille:

— Mes parents ne le pren-

— Le concert géant... des RockAMORT!

C'est la folie dans le sous-sol! Seul le petit Marco ne semble pas emballé. Il maugrée:

— On devait aller voir les Azazou. Moi, j'aime mieux les Azazou, bon.

Je vais l'approuver lorsque Patrick répond:

— Leur musique, c'est de la purée pour bébé à côté de celle des Rockamort!

Toute la bande l'appuie. Heureusement que je n'ai rien dit, j'aurais eu l'air d'une nouille.

— Évidemment, les billets sont plus chers, enchaîne Patrick. On doit renflouer la cagnotte. Moi, je vais y investir un cinquante!

Nouveau délire, qu'il tempère d'un geste:

— Si vous voulez faire votre part, j'ai ce qu'il faut ici, dit-il en déballant une petite boîte.

Je m'informe auprès de Tanguay:

— De quoi s'agit-il?

— Des billets pour une oeuvre de charité. On touche un pourcentage sur la vente.

— Tu en prends?

— Non, je tire un meilleur profit de mes friandises et de mes cigarettes à l'unité.

Si je veux garder ma réputation, je dois surpasser les autres. Je demande deux carnets à Patrick! Il lève un pouce. Fiou!

La distribution terminée, il propose de nous chanter le dernier rap qu'il a composé. Il paraît qu'il doit enregistrer un disque. Vous vous rendez compte!

Nous sommes les premiers à l'entendre...

Hip! Hop! Yo! Ta vie c'est ton affaire, t'en fais ce que tu veux. Bouge de là! Bouge de là! Fais ta révolution, fais ton évolution. Si t'es pas toi, Yo! tu seras qui, Yo? Ta vie c'est ton affaire, ah oui c'est ton affaire!

Je suis époustouflée.

Bipbip! Bipbip!

Grrr, le téléphone cellulaire de Patrick. Il répond et raccroche presque aussitôt:

— Désolé, je dois partir. Et... on ne pourra pas se revoir avant quinze jours.

Les protestations fusent.

— On ira acheter les billets des Rockamort, dit-il pour calmer le tollé. D'ici là, rappelez-vous la loi du groupe: le silence. Sinon les adultes mettront leur nez dans nos projets. Hiphiphop! Yo!

HipHipHop! Yo! hurle la bande. Moi, plus fort que les autres.

* * *

J'ai amplement le temps de vendre mes billets d'ici quinze jours. Le problème urgent auquel je dois m'attaquer, c'est mon «look»!

En arrivant à la maison, je dis à ma mère:

— Je monte étudier.

— Encore! s'étonne-t-elle. Clémentine a vraiment une bonne influence sur toi!

J'avais oublié la p'tite parfaite! Elle me semble si loin. Comme si j'étais passée dans un autre monde. Il faudra que je me surveille.

Je ferme la porte de ma chambre pour procéder à ma transformation.

J'enfile trois t-shirts disparates et un vieux jean de ma mère, dans lequel je me perds. Je lui ai aussi chipé des boucles d'oreilles, que je suspends à mon nez. Avec le gel coiffant de mon père, je sculpte mes cheveux en pointes.

Je vais leur en jeter plein la vue à la prochaine réunion. Yo!

Je mets la cassette que Nicolas m'a prêtée. La musique des Rockamort éclate en un orage électrique. Je suis entraînée malgré moi, tout mon corps s'agite.

— Dabdoubadabong! Tapbe-
dongbidouyo!

Julien arrive en trombe dans ma
chambre. Il est suivi de Laurent
et de ma mère; puis de mon père

avec Bébé-Ange, dont il protège les oreilles. J'arrête la musique au moment où ma mère crie:

— Tu es devenue folle!

Moi-même sous le choc, je bredouille:

— Quuuoi? Je... développe ma personnalité.

— Tu vas la faire disparaître sous la douche et redevenir humaine, me conseille mon père.

— C'est vrai, tu as l'air d'un singe, dit Laurent.

— D'un ouistiti, précise Julien.

— Banannn! s'exclame Bébé-Ange.

Devant l'incompréhension générale de ma famille, je file dans la salle de bains.

Après avoir pris ma douche, je retrouve mes esprits. Il est clair que mes parents mettent un frein à mon épanouissement.

* * *

Ce matin, je conte mes déboires à Nicolas.

— Tu as parlé de nos projets? s'inquiète-t-il.

— Pour qui me prends-tu? J'ai respecté la loi du silence! J'ai bien envie de téléphoner à Patrick pour le lui dire. Tu as son numéro?

— Il ne le donne pas, sinon il serait toujours dérangé. Bon, à plus tard. Je vais vendre mes ci-garettes dans la cour des grands.

Il me plante là alors que les autres s'amènent.

— Qu'est-ce que vous com-plotez? demande Clémentine de sa voix de souris fouineuse.

— Plus moyen d'attraper Tanguay, il se déguise en courant d'air, ronchonne Lapierre.

— Ça t'embête qu'il sorte de ton ombre? Il a envie d'aller voir ailleurs s'il y est! Puis dans la vie, il y a autre chose que l'école ou... le karaté!

Et toc! la p'tite parfaite!

— Quoi donc, par exemple? s'informe-t-elle.

Prise au dépourvu, je réponds:

— Je ne sais pas, moi, de... nouveaux défis!

— Si tu étais plus précise, insiste Clémentine.

— On pourrait être intéressés, dit Lapierre.

Si je ne sors rien, j'aurai l'air d'une idiote. D'un autre côté, je ne peux pas parler. Mais oui! Je n'ai pas à tout déballer, juste...

— Mon défi actuel est de vendre des billets pour un organisme de charité.

Croyez-le ou non, je réussis à leur filer chacun un ticket. Yo!

4
Sophie affronte la réalité

En quinze jours, je n'ai pas vendu d'autres billets. Impossible de les écouler dans ma famille sans me trahir. Et à l'école, Tanguay occupe la place en soldant ses friandises.

Je lui ai demandé comment s'y prenaient les membres de la bande.

— Ils suivent le conseil de Patrick: faire du porte-à-porte dans un grand immeuble.

Rien que d'y penser, j'en frémissais: aller frapper chez des inconnus, seule! L'angoisse.

Mais je ne peux plus reculer, la réunion a lieu demain. J'entends

Patrick: «Une fille qui aime l'action. Toute une acquisition pour la bande. Fais ta révolution, bouge de là!»

Sans plus réfléchir, je dis à ma mère que je vais faire une petite promenade et je sors.

Une fois à l'extérieur, je ne marche pas, je cours! Et j'entre dans le premier édifice venu.

Le coeur battant, je m'approche d'une porte et je sonne. Aucune réponse. Fiou!

J'avance dans le corridor, sombre et étroit. À la porte suivante, mon doigt tremble tellement que je presse la sonnette à répétition. Aaah! Quelqu'un ouvre. Un homme, qui m'abreuve de bêtises puis me claque la porte au nez.

Bouge de là! Bouge de là!

— Que se passe-t-il ici?

Une vieille dame est sortie et me fait signe. D'un pas hésitant, je la rejoins. Je baragouine quelques mots au sujet des billets de charité.

— Entre, fait-elle en me tirant.

Ses doigts crochus serrent mon bras de plus en plus fort. Alors, toute la peur que je retenais explose! Je m'arrache à elle, je m'élance dans le corridor et je jaillis de l'immeuble telle une fusée.

Je ne retrouve mon calme qu'une fois atterrie dans ma chambre. Mais je me sens piteuse. Comme si le regard magnétique de Patrick était posé sur moi.

Pour faire ma part, il ne me reste qu'une solution. Acheter

moi-même des billets avec les six dollars de mon cochon.

* * *

Toute la bande est là, sauf Patrick. Il règne une sorte de malaise. Au fond, personne ne se connaît vraiment. À part Nicolas et Marco, je...

— Hiphiphop! Yo!

Voilà Patrick! Le sous-sol s'anime aussitôt. Les autres l'entourent. Le chahutent, même, pour remettre leurs gains.

Avec appréhension, je lui confie mon petit magot. Aucune remarque de sa part. Quand je pense à tout le mal que je me suis donné!

Au milieu de la mêlée, un jeune s'exclame:

— Allons réserver nos places
pour le concert!

— Impossible, je dois quitter,
dit Patrick, qui semble nerveux.
Puis on n'a pas assez d'argent.
Allez! Chacun fournit un dernier
effort, et on se revoit dans cinq
jours! Hiphip...

Bipbip! Le téléphone cellulaire interrompt son cri de rallie-

ment. Patrick répond en levant un pouce vers nous, et il s'en va.

L'ambiance se détériore rapidement. Quelques jeunes partent. D'autres proposent de mettre un disque. Mais le coeur n'y est pas.

Quand je me retrouve seule avec Tanguay, je me défoule:

— Si on n'a pas assez d'argent pour aller voir les Rockamort, on fera autre chose! Patrick exagère. Il nous promet de l'action et il se défile. C'était ennuyant, cette réunion!

Le temps d'un éclair, j'ai une pensée pour mes anciens amis. C'est bizarre, je me suis tellement éloignée d'eux...

— Ce qui m'ennuie surtout, c'est de ne plus avoir de friandises à manger, avoue Nicolas.

On s'expliquera avec Patrick la prochaine fois.

— Je n'irai pas. Je ne peux pas toujours faire croire à ma mère que je suis chez Clémentine.

— Je t'avais prévenue que ce n'était pas pour les enfants d'école, m'envoie Nicolas.

Il peut se compter chanceux que je sois arrivée chez moi, sinon... Quoi? Que lui aurais-je répliqué?

Je ne sais plus quoi penser de tout ça. Patrick, sa bande, ses projets. On dirait même que je ne sais plus qui je suis. C'est terrible. Si je ne suis pas moi, je serai qui?

Plongée dans ma réflexion, j'ouvre la porte. Laurent surgit en gesticulant. Je n'ai pas la tête à décoder ses singeries.

— Te voilà, dit ma mère avec un drôle d'air.

Elle fait signe à Laurent de s'éloigner. Il s'est passé quelque chose, c'est certain.

— Clémentine a téléphoné.

Aïe! Je retombe vite dans la réalité.

— Elle trouve que tu as changé. Et moi aussi, Sophie. Qu'est-ce qui ne va pas? Est-ce que...

Je laisse ma mère supposer mille soucis. À des années-lumière de ce que j'ai vécu. Et j'attends la question atomique: «Où étais-tu?»

— Parler te ferait du bien! Mais je ne veux pas te tordre le bras.

Ma mère en a terminé. Incrédule, je monte dans ma chambre sans n'y rien comprendre.

Laurent m'attendait et il éclaircit le mystère.

— Quand Clémentine a téléphoné, j'ai répondu au sous-sol. J'ai pu la prévenir que tu étudiais avec elle avant que maman décroche.

Je n'aurais jamais cru Laurent si formidable.

— Ce ne sera pas toujours possible de te couvrir. Arrête tes folies, ma vieille.

À un autre moment, je l'aurais envoyé promener. Mais là, je

pense comme lui. Tout ce que j'ai fait me semble soudain énorme: risques, dangers, mensonges, dépenses.

Je ne peux pas aller plus loin sans avoir à affronter de gros problèmes. Je viens d'en éviter un de justesse! Et c'est grâce à Laurent et à... Clémentine, je dois le dire.

5
Sophie brise
la loi du silence

Clémentine est seule. Elle feuillette un livre, appuyée contre le mur de l'école. La p'tite parfaite va me servir une leçon, c'est certain.

Ah... non! Elle ne fait même pas un plat de son silence. Elle trouve normale sa complicité:

— J'ai dit à ta mère: «Je vous appelle afin de vous prévenir que Sophie vient de partir.»

Elle rigole de son audace. Je ris avec elle. Ça fait du bien, fiou! Et je suis épatée par... mon amie.

— Personne d'autre n'aurait

réagi comme toi. Tu es vraiment... parfaite.

Elle rougit de plaisir. Tiens! Voilà Lapierre. Il est rouge aussi, mais de colère!

— Tu nous as escroqués, rugit-il, nous, tes amis! Et tu as empoché notre argent.

Il me lance à la figure le billet que je lui ai vendu! Il s'approche, menaçant, épeurant.

Clémentine bondit en une action de karaté.

— Respire par le nez, Lapierre, ça oxygène le cerveau. Tu t'en serviras pour t'expliquer...

* * *

Lapierre répète son explication à toute la bande réunie chez Marco.

— Vos billets de charité étaient faux. Selon les informations télévisées, ils viennent d'un réseau de petits voleurs bien organisé.

Je pense au téléphone cellulaire de Patrick.

— Ils embobinent des enfants en les faisant rêver. Puis ils les utilisent pour leur sale trafic.

Quand j'ai su la vérité, je suis devenue enragée aussi. La loi du silence a pris le bord! Patrick allait voir QUI j'étais, YO!

J'ai décidé de le démasquer. De prévenir les autres avec l'aide de mes amis.

— Patrick ne viendra pas, prédit Clémentine. Le réseau est sur le point d'être découvert.

— Voilà pourquoi il était nerveux l'autre jour.

C'est la consternation dans le sous-sol.

— Il viendra, s'entête Nicolas.

Il est si déçu qu'il n'arrive pas à accepter la réalité. Néanmoins, on décide d'attendre.

Clémentine se prépare en exécutant des mouvements de karaté. Les plus vieux sortent leur frustration. Lapierre va rejoindre

Nicolas, qui se goinfre de friandises! C'est bon signe.

Tel que prévu, Patrick ne se montre pas. Et personne ne sait où le retracer. On se résout à admettre qu'il faut essayer de l'oublier. Mais on jure tous de ne plus jamais se faire prendre.

À notre départ, le petit Marco pleurniche:

— Je vais encore me retrouver tout seul.

Je promets de lui présenter un ami, un garçon extraordinaire: mon frère Laurent.

* * *

— Bon! Je vais m'en occuper de ton petit Marco, dit Laurent après s'être fait tirer l'oreille.

J'étais sûre qu'il accepterait. Il

adore se sentir important. Évidemment, je lui ai tout raconté, en lui faisant jurer de garder le secret.

C'est à moi de mettre mes parents au courant.

Le mieux serait de passer par Mamie.

— Tu t'es montrée bien imprudente, Sophie. Mais ce gredin t'a fait évoluer malgré lui. Il t'aura appris qui sont tes vrais amis... et qu'il faut se méfier des beaux parleurs.

Je me blottis contre Mamie. Je commence à me détendre lorsque Julien arrive en furie:

— Tu n'es pas gentille! Tu ne me confies jamais rien! Moi aussi, je veux aider le petit garçon abandonné dans un sous-sol.

Grrr! Laurent a fait son important avec Julien. Autant dire

que les parents savent déjà tout.
Je dois me préparer à être sous
surveillance pour un bon bout de
temps!

Au fond, ce n'est pas si terrible.
En ce moment, j'ai vraiment besoin de calme dans ma vie.